Hardy HERZ AUF GROSSER FAHRT

Bern Hardy

Herz auf großer Fahrt

Seemannsgedichte
3. Auflage

mit Zeichnungen von
Kurt Schmischke

KOEHLERS VERLAGSGESELLSCHAFT MBH
HERFORD

CIP-Titelaufnahme der Deutschen Bibliothek

Hardy, Bern:
Herz auf großer Fahrt: Seemannsgedichte / Bern Hardy.-
3. Auflage.- Herford: Koehler, 1990
ISBN 3-7822-0509-X
Vw: Bernhardi, Horst, (Wirkl. Name) →Hardy, Bern

ISBN 3 7822 0509 X; Warengruppe Nr. 59

Umschlaggestaltung und Vignetten: Kurt Schmischke, Hamburg
Gesamtherstellung: Hans Kock Buch- und Offsetdruck GmbH, Bielefeld
Printed in Germany

INHALTSVERZEICHNIS

Nachts auf der Kommandobrücke 7
Tjilatjap 9
Möchte alten Dampfer kaufen 10
Fata Morgana vor der Garonnemündung 13
Herz auf großer Fahrt 14
Bei Regen in See gehen 16
Seemannsfrau 18
In solcher Nacht 20
Leuchttürme 21
Die Elbe 22
Nichts Halbes 24
Rattenfraß 25
Hamburger Hafen 26
Besanschot an 27
Tauwerk 28
Alte Liebe 29
Die See 30
Tankerlied 31
Cap Horniers 32
Nur Träumer hören das 34
Hohle Gesellschaft 35
Umwege 36
Hermine 37
Das wäre vom Fluchen zu sagen 39
Der Wind 40
Kielholen 41
Fernweh 42
Nächtliches Geplauder in der Rue d'Algier 43
Lügenkram 46
Was alles sagt 47
Wie die Zeit doch läuft 48

Brüche 49
Terra marique 50
Unvollendetes Selbstporträt 51
Wandspruch für ein Matrosenlogis 52
Matrosengesänge 53
Späte Erkenntnis 54
Die alte Schonerfoksel 55
Navigare necesse est 56
Mein Testament 57
An Land ertrinken 58
Seltsame Erscheinung 59
Das Projekt 60
Der Haifisch-Song 62
Mein alter Seesack 64
Na warte 65
Lübeck 66
Hamburg 67
Schiffsfriedhof 68
Seefahrt ist not 69
Segel 70
Abschied eines alten Seemanns 71
Zum Schiffssicherheitsvertrag 72
Astronomisches 73
Mary ins Gästebuch 74
In memoriam 75
Unverzolltes 76
Doar snackt sogoar de Meuwen platt 77
Kindergebet 78
Orkan im Alten Prälaten 79
Die Schiffstaufe 81
Wieder in Hamburg 83
Auf wilder Fahrt 85
Hein und seine Tiere 88
Wieder einmal im Binnenland 91
Antwerpen 93
Hein in seiner Heimatstadt 94
Gedanken 95

Nachts auf der Kommandobrücke

Im Dunkel steht – kaum wahrzunehmen
im fahlen Schein des Kompaßlichts –
der Rudergänger wie ein Schemen
am Steuerrad. Sonst regt sich nichts.

Der kahlen Sonnensegellatten
bleiches Skelett taucht aus dem Meer
der tintenblaugetönten Schatten
und aus dem Mast, vom Ausguck her,
wird dir gemeldet: „Lampen brennen!"

Fern, mit dem Nachtglas ausgemacht,
kannst du noch schwach die Kimm erkennen.
Das dunkle Samtgewand der Nacht
ist übersät mit Diamanten.
Ein Feuer blinkt querab in Lee,
der Nachtwind wispert in den Wanten
und an der Bordwand schmatzt die See.

Der Kokosläufer auf den Planken
des Brückendecks schluckt deinen Schritt.
Seltsame Wünsche und Gedanken
gehn manchmal deine Wache mit,
begleiten dich gewissermaßen,
bei Nacht, four times around the clock.

Er ist die längste aller Straßen,
der kurze Weg von Nock zu Nock.
Sternferne Welten über dir,
auf See, nachts zwischen zwölf und vier.

Tjilatjap

Gewürzhafen an der Südküste.
Eng, wie die schmalhüftigen Frau'n,
deren knospig junge Brüste
an den Ufern pastellbraun
unter Mangozweigen reifen.

Atmende Früchte. Nach denen nun
nachts, wenn die Ladebäume ruhn,
derbe Matrosenhände greifen.

Wenn sie den Sarong schürzen,
dann kommt von ihren schmalen
Leibern etwas wie Hauch von Gewürzen.
(Gauguin verstand sie zu malen).

Und während man morgens in Luk vier
die letzten Peffersäcke verstaute,
murmelt unter der hölzernen Pier
das Wasser malaiisch klingende Laute.

Möchte alten Dampfer kaufen

Ich möchte einen alten Dampfer kaufen,
den werde ich mir herrichten und ihn
nach Dolly, meiner ersten Liebe, taufen.
Das Luder ist mir zwar davongelaufen,
doch das ist längst vergessen und verziehn.
Ich werde Rost klopfen, ihn mennigen und streichen,
sie strich sich auch immer so gerne an.
Bis sie verschwand. Dann kam ein Lebenszeichen.
Ich ließ mich damals nicht dadurch erweichen
und schrieb ihr kurz zurück, was sie mich kann!

Mir wurden ein paar Luxusjachten angeboten,
von denen war ein gutes Dutzend frei,
doch so ein alter Pott, der kaum acht Knoten
in Ballast läuft, war leider nicht dabei.
Vielleicht läßt mal ein Reeder mit sich reden,
solch alter Kasten ist doch kein Objekt.
Egal, wie alt er ist! Ich nehme jeden.
Nicht weiter tragisch, wenn die Vorpiek leckt.
Ich muß mal offen mit den Brüdern sprechen,
vielleicht geht doch noch einer darauf ein,
da ich nicht vorhabe, in See zu stechen,
braucht er von mir aus nicht ganz seefest sein.
Ich werde ihn im Strom vor Anker legen,
natürlich auch nicht allzuweit vom Kai,
allein schon nächtlicher Besucher wegen.
Speziell an Damen denke ich dabei.
An Bord werde ich manches umgestalten.
Für Fischzuchtzwecke flute ich Luk vier,
im Funkraum werde ich mir Hühner halten
und auf das Bootsdeck kommt ein Obstspalier
mit Sauerkirschen oder Mirabellen,
und in die Wanten Efeu oder wilder Wein.
Um das von vornherein gleich klarzustellen,
so ein 3000-Tonner müßte es schon sein.
Wenn das nichts wird, soll mich der Affe lausen.
Wie lange sah ich keinen Kakerlak?
Ich hab' genug von all den Landbanausen
und möchte wieder einmal in der Foksel hausen
wie einst, an Steuerbord unter der Back.
Sollte mein Vorhaben nach Wunsch verlaufen
dann will ich feiern bis der Morgen tagt.
Am liebsten würde ich den Pott gleich kaufen
und ihn auf Dolly . . . ach, das mit dem Taufen
habe ich anfangs ja schon mal gesagt.

Ich könnte vielleicht mit den Speiseresten,
die man sonst doch nur in die Foolbras kippt,
im Kabelgatt noch drei, vier Schweine mästen.
Enorm, was es für Möglichkeiten gibt!
Ein Jammer, alte Frachter einfach abzuwracken.
Ich hätte gerne solchen alten Pott gehabt
und würde – loot de Lüd an Land man snacken –
Kömbuddels über alle Toppen flaggen,
wenn die Geschichte mit dem Dampfer klappt.

Fata Morgana vor der Garonnemündung

Während die Sterne über dir
im ersten Licht ertrinken
und von der Back her, früh um vier,
schon Landgangspäckchen winken
und sich die Mademoiselles an Land
für neue Kundschaft rüsten,
erscheint dem Mann am Ruderstand
am Horizont der Wolkenrand
als Weib mit prallen Brüsten.

Herz auf großer Fahrt

Wenn ich in meiner Badewanne
am Sonntagmorgen gegen zehn
den Seifnapf frohgemut bemanne,
um auf Ostasientörn zu gehn,
dann sehe ich Delphine gleiten,
denke an Kobe, Singapore,
und an die wildbewegten Zeiten
als ich noch als Matrose fuhr;
gehe die Hundewache wieder
nachts unter südlichem Gestirn
und schmettre lauthals Seemannslieder,
daß alle Zahnputzgläser klirrn.
Ich mal mir statt mich abzuseifen
— noch ist das Badewasser warm —
mit Lippenstift vier Ärmelstreifen
nebst Anker auf den Unterarm.
Ich spiele mit dem Badelappen
Mann-über-Bord, treib' Alberein,
und setze meine beiden Schlappen
im Sturm als Rettungsboote ein.
Zu meinem Glück sind es die alten,
denn leider schaffen sie es nicht
sich in der schweren See zu halten,
was für den Ernst der Lage spricht.
Kommt im Orkan dann mal beim Toben
durch der Naturgewalten Spiel
das ganze Badesims von oben,
dann wird es meiner Frau zuviel.

Sie stürzt in's Bad, sie ringt die Hände,
dämmt die Gewalt der Sturmflut ein,
macht der Ostasienfahrt ein Ende,
erklärt, daß sie mich kindisch fände
und droht: „Nun aber Schluß, Kaptein!"
Betrübt hol' ich die Flagge nieder
und seif mich ab von Kopf bis Zeh,
doch nächsten Sonntag stech ich wieder
mit meinem Seifennapf in See.
Kaum ist das Wasser eingelassen,
dann gebe ich nach Seemannsart
Kommando: „All hands an die Brassen!"
Und schick' mein Herz auf große Fahrt.

Bei Regen in See gehen

Irgendwo draußen am Vieux Port
wirst du mit ihr bekannt
und bleibst, schon auf dem Weg an Bord,
die letzte Nacht an Land.

Vor Tagesanbruch mußt du gehn.
Sie läßt dich aus dem Haus,
die regenblinden Fenster sehn
wie feuchte Augen aus.

Schon nachts lag Regen in der Luft,
der Wind ist abgeflaut.
Du spürst schwach ihren Puderduft
auf deiner nassen Haut,
als ginge sie neben dir her
noch bis zum Hafen mit.
Still mal! No dear, da ist nichts mehr.
Es war dein eigner Schritt.
Die Gassen sind noch morgenstill,
die Fenster stumm und leer.
Irgendwo lärmt ein Ankerspill
drüben vom Hafen her.
Du stehst – während man seeklar macht –
fröstelnd achtern an Deck,
die Schleppleine wird ausgebracht,
man fiert die Spring schon weg.
Trübsinnig starrst du achteraus,
bis auf die Haut durchnäßt.
Kais sehn bei Regen traurig aus,
wenn sie ein Schiff verläßt.
Nach See zu klart es langsam auf,
die Luft schmeckt schon nach Wind.

Acht Glas! Du mußt zur Brücke rauf,
dein Rudertörn beginnt.
Schön, wenn man sich – müde von Land –
wieder ans Ruder stellt.

Fern zwischen Kimm und Himmelsrand
lockt schon erneut die Welt.

Seemannsfrau

Sie erfuhr schon als Kind was zur See fahren heißt,
denn ihr Vater war Kapitän,
und sie bekamen ihn damals meist
nur zweimal im Jahre zu sehn.
Heut hat sie selbst einen Seemann zum Mann
und wußte schon als sie ihn nahm
und sich dabei der Mutter entsann,
daß nun das Alleinsein kam.
Ihre Wünsche begleiten ihn allezeit,
gehn oft nachts noch auf See hinaus;
sein letzter Brief liegt stets griffbereit,
arg zerlesen sieht er schon aus.
Sie liest ihn tagtäglich vorm Schlafengehn,
weiß schon auswendig, was darin steht,
über die Liegezeiten, das Bordgeschehn
und welche Wache er geht.
Sie erzieht die vier Göhren und sorgt sich um sie.
Nicht immer leicht, so allein!
Legt sie, wenn es sein muß, auch mal über's Knie
und tritt resolut für sie ein.
Sie ist stolz, die Frau eines Seemanns zu sein.
Die Kinder wachsen heran
und gehn eigene Wege. Dann schmeißt sie allein
den Laden und steht ihren Mann.
Seine Heuer geht pünktlich per Ziehschein ein
und ist bei ihr wohlverwahrt,
da kann er auf See ganz beruhigt sein,
denn er weiß, uns Mudding, die spart!
Wenn im Spätherbst der Sturm an die Läden schlägt
und im Garten die Obstbäume knickt,
dann fragt sie sich, ob er den Schal auch trägt,
den sie ihm letzten Winter gestrickt.

Nun werden die Bäume draußen schon kahl,
bald gibt es den ersten Schnee.
Zum Weihnachtsfest ist er wohl wieder mal
wie all die Jahre auf See.
Für sie wird erst Festtag, wenn er ihr schreibt,
daß er wieder auf Heimreise sei,
ob er diesmal wohl länger zuhause bleibt?
Traue einer der Reederei!
Wenn er heimkehrt macht sie ihr Sonntagsgesicht
und weiß doch schon ganz genau,
daß er bald wieder ausläuft. Sie zeigt es nur nicht,
eine waschechte Seemannsfrau.

In solcher Nacht

Wenn nachts der Sturm das Haus umkreist
und Wolken über Dächer jagen,
dann regt sich der Klabautergeist
aus abenteuerlichen Tagen.
Während man wach liegt, um zu lauschen
und seinen Blick ins Dunkel bohrt,
scheint es, man höre Rasmus rauschen,
der nachts an Deck herumrumort
und über salzgebeizte Planken
polternd hinübertollt nach Lee;
und einsam wandern die Gedanken
in solcher Nacht hinaus auf See.

Leuchttürme

Sie werden immer erst nachts mobil,
wie die Mädchen der Reeperbahn
und winkend geistert ihr Lichterspiel
dann hinaus auf den Ozean.

Bei Sonnenaufgang erlischt ihr Licht.
Tagsüber stehen sie stumm,
mit übernächtigtem Gesicht
an den Küstenecken herum.

Die Elbe

Küstenfern speit ein Quell sie ans Licht.
Für Pegelstand und dergleichen,
oder den Binnenschiffahrtsbericht
interessiert sie sich allerdings nicht.
Sie träumt von Leuchtfeuertürmen und Deichen
und hofft die Küste bald zu erreichen.

Munter plätschert sie durch die Geographie,
geht allmählich dabei in die Breite
und freut sich auf Hamburg. Dort warten auf sie
die Landungsbrücken und vis à vis
Blohm und Voss auf der anderen Seite.

Sie schwappt um Pontons und an Dalben vorbei.
Geht im Fleet für ein Stündchen schlafen,
küßt schmatzend die Schiffe drüben am Kai
und zieht dann begleitet von Mövengeschrei
weiter seewärts, in Richtung Cuxhaven.

Sie spürt, daß dort draußen die Freiheit winkt,
hat die Hoffnung darauf nie begraben,
obwohl sie — auch wenn es kaum glaubhaft klingt —
die ganze Reise im Bett verbringt
wie das Flüsse so an sich haben.

Sie fühlt sich zu Seegang, zu steifem Nordwest
und zur Weite der See hingezogen.
Und was sie bei Ebbe an Wasser läßt
ist schon einiges mehr als ein Nachttopf fäßt
(vom Gesichtspunkt der Urologen).

An der Mündung sagt sie Cuxhaven ade.
Ermüdet vom Spiel der Gezeiten
wiegt sie sich in den Armen der See
deren weiße Schenkel leuchtend wie Schnee
vor Scharhörn auf den Sandbänken reiten.

Sie begleitet seegehende Frachter ein Stück
auf der Fahrt zu fernen Revieren.
Ihren Namen aber läßt sie zum Glück
auf Feuerschiff Elbe I zurück,
das Tag und Nacht Schiffe passieren.

Nichts Halbes

Der christlichen Seefahrt muß sich ein Mann
mit Leib und Seele verschreiben.
Wem Zweifel kommen, ob er das kann,
der lasse es lieber bleiben
und gehe dahin, woher er kam.
Seefahrt verträgt keinen halben Kram!

Rattenfraß

(Dieses Rezept stammt aus dem
Nachlaß eines nachts auf See
gelynchten Segelschiffskochs)

Erst werden ein paar tote Ratten
in heißer Salzfleischlauge mariniert,
dazu zwei feingewiegte Bambusmatten,
die werden beim Hinzugeben verrührt.
Darüber etwas alten Käse reiben,
mit Indian Curry Powder abgeschmeckt
wird dann der Brei mit Salzfleischscheiben
und weichgeklopftem Stockfisch abgedeckt.
Nun wird das Ganze noch mit Kakerlaken
und einer Handvoll Teakholzmehl paniert,
bei mittelgroßer Hitze überbacken
und warm an der Matrosenback serviert.

Erfreulich, daß — obwohl es schlimmer schmeckt —
nur jeder zweite an dem Fraß verreckt.

Hamburger Hafen

Niethämmer dröhnen, Dampfer tuten,
kreischend schaufelt ein Bagger Schlick.
Dümpelnde Bunkerkohlenschuten
entzieht der Schlepperqualm dem Blick.

Deckswinden rattern, Fender knarren,
Stropps schwingen pendelnd über Deck
und auf den Lagerschuppen karren
sie die gelöschten Ballen weg.

Wolken schreiender Möven stürzen
sich auf die Abfälle von Bord.
Es riecht nach Brakwasser, Gewürzen,
nach fernen Küsten und Import.

Die vom Nordwestwind angestauten
Elbwasser glucksen um Pontons,
begleitet von den altvertrauten
Klängen des Hamburger Jargons.

Dazwischen Laute fremder Zungen.
Man spürt hier, ohne Wörterbuch,
schon aus den kleinsten Äußerungen,
die weite Welt weilt zu Besuch.

Von Dividenden und Tantiemen,
von Schweiß und zäher Energie,
von Wiedersehn und Abschiednehmen
erzählt die Hafenmelodie.

Doch wenn die Gangwaylampen brennen
und im Logis die Flasche kreist,
dann spukt nachts um Radarantennen
und Masten noch Klabautergeist.

Besanschot an

Prost! Auf das Wohl der Fahrensmänner,
der Anhänger quartalen Suffs,
Beachcombers, Tramps und aller Kenner
von Hafenschenken und von Puffs.

Prost jenen, die vom Gischt der Seen
umrauscht, mit nassem Arsch bei Nacht
laut fluchend im Versaufloch stehen,
wenn Brecher über's Vorschiff gehen.
All diesen sei ein Toast gebracht!

Hebt Euer Glas, drückt in Gedanken
jedwedem braven Fahrensmann
die schwieligharten Sailorpranken
und trinkt auf Tauwerk, nasse Planken
und auf die See. Besanschot an!

Tauwerk

Wenn es tropfensprühend bebt,
ächzen die Kardeele
und dann spürst du, daß es lebt.
Taue haben Seele.
Bei Schönwetter gleitet es
fügsam durch die Hände,
nachts bei Sturm spielt es indes
gern verrückt, solch Ende.
Tanzt wild um die Nagelbank,
Segel als Kulissen.

Mißbraucht man ein Tau als Strang,
schlägt ihm das Gewissen.

Alte Liebe

Bleibst unvergessen, alter Kasten,
erschienst mir heute nacht im Traum,
und wenn wir unter deinen Masten
klatschnaß und fluchend Segel braßten,
trübte selbst das die Liebe kaum.

Und wenn wir uns in jenen Stunden
unter dem harten Griff der Pflicht
nachts in den Riggen abgeschunden,
hat uns das nur noch mehr verbunden.
Ein Fahrensmann vergißt das nicht.

Sah dich im Traum in voller Länge
vom Bug bis achteraus zum Heck,
vom Kielschwein bis hinauf zur Stenge,
der Foksel blaugequalmte Enge
und selbst den letzten Tamp an Deck.

Seit Jahren lebe ich in Hessen,
wo leider kein Mensch plattdeutsch spricht.
Hat dich auch längst der Rost gefressen,
mir bleibst du ewig unvergessen,
denn alte Liebe rostet nicht.

Die See

Wenn mit ihren Atemzügen
sich die Dünung senkt und hebt,
und die Winde sie durchpflügen,
dann verspürst Du, daß sie lebt.

Wenn die Stürme Shanties geigen,
Rasmus ausgelassen tollt,
und die Wellen Zähne zeigen,
dann erkennst Du, daß sie grollt.

Wenn sie wilde Böen hetzen,
leewärts jagend und die Kimm
taumelt unter Wolkenfetzen,
dann erlebst Du ihren Grimm.

Bist Du einst an Land gegangen
auf der Suche nach dem Glück,
zieht ein heimliches Verlangen
Dich doch stets zu ihr zurück.

Tankerlied

Stets endet die Liebe nach einer Nacht
für die Männer von einem Tanker.
Sie lieben den Sprit zwar, doch nicht als Fracht,
und haben kaum richtig festgemacht
dann lichten sie wieder den Anker.

Sie duften nach Foksel, nach Sprit und nach Teer
und beziehn ihren Landgang auf Raten.
Sie müssen bevor noch die Flaschen leer,
schon wieder an Bord und hinaus aufs Meer,
die schnellen Tankerjanmaaten.

Bevor der Morgen graut heißt es ade
aus Frauenarmen und Schenken.
Das Abschiednehmen ist ihr Metier
und es bleibt ihnen nichts als am Ruder auf See
an die kurzen Stunden zu denken.

Sie leben mit dem Blick auf die Uhr.
Kaum da, sind sie wieder verschwunden.
Schnell löschen Wind und See ihre Spur,
denn Tanker sind – für jeden, der fuhr –
unter den Schiffen die Vagabunden.

Cap Horniers

Kap Hoorn prägte Männer eigener Art,
sie blieben sich treu bis zuletzt.
Ihr Name hat der Windjammerfahrt
für immer ein Denkmal gesetzt.
Breitbeinig standen sie achtern an Deck,
mit seesalzverkrustetem Bart
und haben — flog nachts mal ein Segel weg —
weißgott nicht mit Flüchen gespart.
Sie zeigten — wenn es nicht anders ging —
Rasmus höchst respektvoll das Heck,
ob man schlotternd in klatschnassen Plünnen hing,
danach fragten sie einen Dreck.
Ihr Blick verrät heut noch den Fahrensmann,
sind auch ihre Schläfen längst weiß.
Mancher trat schon die letzte Reise an;
kleiner wird allmählich ihr Kreis.
Sie begegnen sich traditionsgemäß
auf ihrem Kongreß, Jahr für Jahr,
und gedenken der Zeit der „square-rigger days",
die einmal die ihre war.
Keiner fragt hier nach des andern Nation,
denn sie fuhren die gleichen Schlorrn.
Hinaus über Sprache und Konfession
verbindet sie alle Kap Hoorn.
Dort haben sie einst die Sturmfock geheißt,
und das Leben an Bord hat sie
in Wind und Wetter zusammengespleißt.
Das Band ihrer Freundschaft bricht nie.

Ihre Enkel sind heut auf Dampfern an Bord,
mit Sportdeck und Cocktailbar,
der Geist von St. Malo aber lebt fort,
trotz Echolot, Funk und Radar.
Sind jene Segel auch nicht mehr zu sehn,
wenn der Blick in die Masten geht,
um Kap Hoorn werden weiter die Stürme wehn,
solange der Erdball sich dreht.

Nur Träumer hören das

Obgleich du auf den Reeder fluchst
und ständig einen Landjob suchst,
rühmst du – sobald du ihn erst hast –
die Welt um Ruderhaus und Mast.
Schimpfst auf den Saubetrieb an Land
und hast nach kurzer Zeit erkannt,
daß so ein alter Fahrensmann
die Seefahrt nicht vergessen kann.

An stürmischen Novembertagen
stichst du – im Geiste sozusagen –
in dichten Tabaksqualm gehüllt,
das Grogglas nochmal frisch gefüllt
und dampfend neben dir in Lee,
von deinem Sessel aus in See.

Das kann vielleicht nur der begreifen,
der selber einmal Ärmelstreifen
an seiner Khakijacke trug
und eh es ihn an Land verschlug
einst selbst die Hundewache ging.

Das Seemannsherz, dies eigen Ding,
kommt selbst nach Jahren in Büros
an Land nie von der Seefahrt los
und schlägt – nur Träumer hören das –
alle vier Stunden leis acht Glas.

Hohle Gesellschaft

Hier machen sie sich einander was vor
mit eitlem Getue und Phrasen.

Ich pfeife auf Lebensstil und Komfort,
folge den Gesprächen mit halbem Ohr
und denke an Bord und acht Glasen.
An die Jahre, die ich auf See verbracht,
fernab von Parkett und Gosse.

Ich habe mich heimlich davongemacht,
stahl mich zum Hafen hinunter bei Nacht
und streichelte eine Trosse.

Umwege

Ein Jammer, daß Wasser im Binnenland
auf so tragische Weise endet,
wenn man es gechlort und prilentspannt
als Abwaschwasser verwendet.

Was geht dabei im Wasser wohl vor
auf dem niemals ein Dampfer geschwommen?
Es verwünscht sein Geschick samt Pril und Chlor
und verschwindet still schluchzend im Abflußrohr
in die Erde, aus der es gekommen.

Vielleicht gelangt es von irgendwoher
auf dunklen Abwässerwegen
in einen der Flüsse und schließlich ins Meer,
heimkehrenden Schiffen entgegen.

Hermine

Wenn alte Fahrensleute zechen
irgendwo draußen in der Welt,
dann kommen sie auf Dich zu sprechen,
sobald das Stichwort Hamburg fällt.

Dich kennt der Mann in der Maschine,
der Jantje und der Midshipsgast.
Das macht der Ruf den Du, Hermine,
bei uns als Seemannswirtin hast.

Damals – vor mehr als vierzig Jahren –
als ich an Bord der Karnak ging,
trank ich bei Euch den ersten Klaren.
Da warst Du noch ein junges Ding.

Als wir uns dann auf See rumtrieben
– Dein Karl fuhr schon als Steuermann –
legte die alte „Fähre sieben"
bei Euch noch vor der Theke an.

Stabil und proper – wie Dein Tresen –
bist Du noch ganz vom alten Schlag!
Wie oft sind wir bei Dir gewesen,
wenn unser Schiff in Hamburg lag.

Du hattest immer Neuigkeiten,
wußtest von jedem wo er fuhr;
und kamen wir auf alte Zeiten,
sah keiner von uns auf die Uhr.

Wenn ich an jene Stunden denke,
Hermine, hebe ich mein Glas
wie einst als ich in Deiner Schenke
– von See zurück – am Tresen saß.

Und wenn ich jetzt in Hamburg wäre,
gäb's Hafenstraße 108
im Wirtshaus „Zur Kuhwerderfähre"
mal. wieder eine lange Nacht.

Das wäre vom Fluchen zu sagen

Bei Sturm hilft kein Beten und Händefalten,
dir fehlt auch die Zeit, große Reden zu halten
während Rasmus die Reelingsstützen verbiegt.
Wenn das Schanzkleid dir um die Ohren fliegt,
dann fluchst du gewöhnlich von dir aus schon.
Im Versaufloch herrscht ein rauherer Ton
als am Schreibtisch des Reedereikontors,
denn doar buten geiht dat um Kopp un Mors.
Also nicht erst nach Höflichkeitsfloskeln gesucht.
„God damned and sixpence," mal herzhaft geflucht!
Solch Fluch tut oft Wunder und du hast nebenbei
auch noch beide Fäuste zum Zupacken frei,
denn dir bleibt ohnehin keine Zeit zum Gebet,
wenn es draußen aus allen Knopflöchern weht.
Beten kannst du — falls dich der Hai nicht frißt —
von mir aus, wenn alles vorüber ist.
Ich weiß, daß der Herrgott dir ganz bestimmt
einen handfesten Fluch nicht gleich übel nimmt,
weil es — verdammicht und zugenäht —
mit dem Händefalten bei der Arbeit nicht geht.
Auf See gilt ein andres Gesetz als an Land,
„all hands" heißt, du brauchst an Deck jede Hand,
um dich mit Rasmus herumzuschlagen.
„What the hell!" Das wäre vom Fluchen zu sagen.

Der Wind

Die Dampfschiffahrt ist sein Ruin.
Er gab den Segeln Leben
und weiß, es hätte ohne ihn
nie Windjammer gegeben.
Die paar, die nicht verschrottet sind,
dienen heut als Museen,
da lohnt es sich für ihn als Wind
weißgott kaum noch zu wehen.
Mit Wehmut denkt er an die Zeit
als man noch Klipper baute
und ihre Segel dem Geleit
der Winde anvertraute.
Kein Windjammer mehr vor Kap Hoorn,
mit steifgeholten Brassen.
Ein Grund für ihn nun seinen Zorn
an Dampfern auszulassen.

Kielholen

Gewöhnlich ging man dabei drauf,
doch wer es überstand,
der gab die Seefahrt wieder auf
und blieb fortan an Land.

Fernweh

Verblaßt sind längst die Mennigplacken,
verklungen Winsch und Ankerspill,
Rasmus, acht Glas und Plattdeutschschnacken.

Da muß die Sehnsucht halbmast flaggen,
auch wenn das Herz es anders will.

Nächtliches Geplauder in der Rue d'Algier

Bon soir, Mademoiselle,
sind Sie wohl zufällig orientiert,
ob hier in der Nähe ein Bordell
für Seeleute existiert?
Du möchtest mir wahrscheinlich
einen anderen Vorschlag machen.
Nun, ich bin keineswegs kleinlich
in solchen Sachen.

Laß mich mal raten wie du heißt.
Damen wie du sind,
wie du vermutlich weißt,
gesellschaftlich recht umstritten, mein Kind.
Pardon, ich wollte dich nicht kränken.
Habe ich dich eigentlich schon gefragt,
ob du mir diesen Abend schenken
willst? Schenken ist vielleicht zu viel gesagt,
doch darüber wolln wir uns später unterhalten,
abgemacht?
Ob sich wohl deine Hände falten,
wenn du in der Nacht
einmal einsam und hundserbärmlich verlassen bist?
Du kannst ja nicht wissen
wie seltsam es ist,
wenn man hinter den grellen Kulissen
frecher Blicke versteckt
plötzlich irgendwo
ein Herz entdeckt.
Quatsch, tu nicht so
als ob du jetzt innerlich ergriffen seist,
denn du denkst doch nur,
wie das in deiner Sprache so nett heißt,
an „faire l'amour".
Ach, du kannst mich mal!
Hörst du eigentlich noch zu?
Ist übrigens auch egal.
Aber nun einmal ganz entre nous,
ich mag dich lieber, ma chère,
als schwarze Ladies oder gelbe.
Schließ bitte die Bluse etwas mehr,
denn dein Fleisch ist schließlich nicht dasselbe,
wie Parkers Finest Corned Beef,
das kann ich dir versichern.

Als ich vor ein paar Reisen hier mal schlief . . .
was soll dein albernes Kichern?
Hast du eigentlich einen Wecker im Haus?
Allright, dann laß uns jetzt gehn.
Morgen mittag laufen wir schon wieder aus,
mit Stückgutladung nach Port of Spain.

Lügenkram

Nennen wir das Kind beim Namen!
Wie sie wissen, meine Damen,
haben Lügen kurze Beine.
Mit der Wahrheit ist alleine
leider auch kaum Staat zu machen,
es gibt Tat- und andre Sachen,
die uns einfach keiner glaubt.
Warum dann nicht überhaupt
gleich von sich aus faustdick lügen?
Köstlich, andren zum Vergnügen
munter Bären aufzubinden,
wüste Stories zu erfinden
und aus Spaß am Possenreißen
kräftig Seemannsgarn zu spleißen.
Nicht mit Aufschneiden begnügen,
sondern so gewaltig lügen,
daß der tollste Rees vorm Mast
im Vergleich dazu verblaßt.
Logik? Pah! Ich bitte Sie,
hier gilt nur die Phantasie!
Wenn man maßlos lügen kann,
kommt es nicht auf Logik an,
denn bei echtem Seemannsgarn
biegen sich selbst dickste Sparrn.

Sollten sie sich nicht verbiegen,
wird's wohl an der Holzart liegen.

Was alles sagt

Seltsam, daß wir zur Seefahrt gingen,
obwohl wir sie nach Jahr und Tag
doch wieder an den Nagel hingen.
Das soll begreifen, wer da mag!
Denn kaum, daß wir an Land geblieben,
zog es uns wieder hin zum Kai,
wer sich auf See herumgetrieben,
den gibt sie niemals wieder frei.
Im Wechselspiel der trügerischen
Verlockungen von Land und Meer
reißt unser dummes Herz uns zwischen
dem Fern- und Heimweh hin und her.
So geht es allen Fahrensleuten,
wo immer auf der Welt es sei.
Zwecklos, dies Phänomen zu deuten,
mit Logik kommt man ihm nicht bei,
weil so ein Herz — was alles sagt —
den Teufel was nach Logik fragt.

Wie die Zeit doch läuft

Stehe vor der Schenke,
morgens gegen zehn,
trete ein und denke
mal nach Emmy sehn.

Sitze in der Schenke,
abends gegen zehn,
trinke aus und denke
Zeit an Bord zu gehn.

Wie die Zeit doch läuft,
wenn man sitzt und säuft!

Brüche

Es geht hier nicht um körperliche Schäden
oder um einen sturmgeknickten Mast,
auch nicht um Einbruch in Juwelenläden
oder um einen Ausbruch aus dem Knast.
Gemeint sind weder Scherben in der Küche
noch ein alpines gipsverpacktes Bein,
auch keine Hoden-, Schiffs- und Wolkenbrüche.
Hier soll von anderem die Rede sein
als von zerbrochenem Porzellan und Knochen
bei Schiffbruch, Ehestreit und Wintersport.
Von den Lappalien wird hier nicht gesprochen.

Viel Wertvolles wird unbedacht zerbrochen,
doch was auch brechen mag, brich nie dein Wort!

Terra marique

Mitunter geht es auf dem Meer
an Bord recht stürmisch zu.
Bei Seegang geht das Schiff zukehr,
beim Landgang trifft's die Crew.

Beispiele von Naturgewalt
wie dreißig Aquavit,
bestätigen den Sachverhalt.
Der Wirt macht den Profit.

Unvollendetes Selbstporträt

Einst schwenkte ich Farbpott und Mennigquast
und promovierte dabei
nach acht Semestern Fahrzeit vorm Mast
in Rostklopfen und Malerei.

Ich durchstrolchte Häfen in aller Welt,
verschwor mich der Trampschiffahrt,
habe manchen Puff auf den Kopf gestellt
und keinen Cent Heuer gespart.

Oft trieb ich mit heiligen Dingen Spott,
war nie auf Moral abonniert
und kann nur hoffen, der liebe Gott
hat sich das nicht alles notiert.

Gelegentlich spürte ich seine Hand
beim Umgang mit „Ladies" und Sprit,
weil ich ihm — das hat er bald erkannt —
ein bißchen daneben geriet.

Sonst habe ich ihm kaum Kummer gemacht,
er nahm mir auch nie etwas krumm.
Ich habe es trotzdem zu nichts gebracht,
der Teufel mag wissen warum.

Das Schicksal hat mich umhergeweht,
ich habe gefehlt und geirrt.
Wer weiß, ob mein Selbstporträt als Poet
später jemals vollendet wird.

Wandspruch für ein Matrosenlogis

Wer Whisky gern vorm Frühstück säuft,
bleibe nachts gleich an Land.
Ein Tripper, der zehn Knoten läuft,
verdient das blaue Band.

Matrosengesänge

Der Seesack ist kein Pompadour,
acht Glas sind nichts zu trinken,
und eine Gallionsfigur
nimmt Mennige zum Schminken.

Die Lieder eines Seemannschors
sind nichts für zarte Ohren,
und Rasmus zeigt den blanken Mors
nordwestlich der Azoren.

Ein Shanty ist kein Wiegenlied,
ein Schanzkleid nichts zum Kleiden.
Die Kompaßrose schwimmt in Sprit,
ein Grund sie zu beneiden.

Der Fender ist kein Straußenei,
Janmaat kein Frauenhasser.
Das Kielschwein haust, trichinenfrei,
sechs Meter unter Wasser.

Das Ankerspill ist kein Klavier,
doch heißt's Besanschot an,
dann spukt an Bord von zwölf bis vier
nachts der Klabautermann.

Späte Erkenntnis

Ich liege wie ein altes Schiff
verrostet an den Pfählen,
daß ich einst nach den Sternen griff,
lohnt kaum noch zu erzählen.

Vorbei die Unbekümmertheit
und all das wunderbare
Erleben der Janmaatenzeit
vergangner Seefahrtsjahre.

Wo blieb die Zeit? Ich bin betagt,
gewann an Einsicht, Ernst und Reife,
obwohl ich, unter uns gesagt,
auf alle diese Dinge pfeife.

Wer-weiß-was nähme ich in Kauf
gehörte ich noch zu den Jungen.
Schlage still mein Gedächtnis auf
und blättre in Erinnerungen.

Töricht, im Geist zurückzugehn
und längst Vergangnes zu durchstreifen,
statt lieber denen zuzusehn,
die heute nach den Sternen greifen.

Die alte Schonerfoksel

Sie lag ganz vorn an Steuerbord
neben dem Kabelgatt.
Da führten wir das große Wort
auf missingsch und auf platt.
Sie roch nach Ölzeug, Lifebuo Soap
und Dobbelmann zugleich,
dort hatten wir an Bord gottlob
noch unser eignes Reich.
Peitschte nachts mal ein Liek im Wind
über dem Klüverbaum,
dann polterte ein Spuk im Spind
und Moses sprach im Traum.
Wenn man frühmorgens als Janmaat
nach Wachwechsel durchnäßt
in die verqualmte Foksel trat,
dann war das wie ein Fest.
Sie war weißgott ein Rattenloch
und sah erbärmlich aus,
die alte Foksel, und war doch
so etwas wie zuhaus.

Navigare necesse est

Ich muß zum erstenmal zum Urologen,
die Sprechstunde beginnt erst um halb zehn.
Früher, da konnte ich in hohem Bogen
und nun will es auf einmal nicht mehr gehn.
Die Untersuchung ist zwar etwas peinlich,
das ändert nichts an ihrer Gründlichkeit.
Solch Blasenspiegel ist ganz augenscheinlich
kein Attribut weiblicher Eitelkeit.
Ich kann mir übrigens beinah schon denken,
warum die Blase nicht mehr funktioniert,
vermutlich habe ich sie mit Getränken
in Hafenkneipen zu sehr strapaziert.
Sie hat mich überall an Land begleitet
und faßte gut und gern ihr Dutzend Grog,
das hat sie mit der Zeit wohl ausgeweitet.
Nun muß sie unbedingt ins Trockendock.
Ich würde mich nur ungern von ihr trennen.
Nur sie weiß, was mir durch die Kehle rann,
sie lernte alle Sorten Schnäpse kennen
und deshalb hänge ich auch so daran.
Ich nehme täglich zweimal 15 Tropfen.
Mein Leck kann nur ein Spezialist
für Schiffe – wie mein Urologe – stopfen,
der mal Marinearzt gewesen ist.
Man füllt die Blase wahllos mit Getränken
ohne – obwohl man täglich Wasser läßt –
jemals ernsthaft darüber nachzudenken,
daß navigare so necesse est.

Mein Testament

Hier im Binnenland,
in Frankfurt am Main,
möchte ich ums Verrecken nicht verbrannt
oder auch nur begraben sein.
Man soll mich, in Segeltuch eingenäht,
mit Schwedischem Holzteer konservieren
und als Überseepaket
zunächst nach Hamburg transportieren
oder notfalls nach Bremen.
Dann soll mich einer von den Frachtern
von dort aus mit seewärts nehmen.
An Bord soll man mich achtern
nach altem Brauch auf Seemannsart
an eine gut beschwerte Planke laschen
und mir für meine letzte Fahrt
zum Abschied ein paar Flaschen
Old Scotch Whisky in die Taschen stecken.
Dann soll man bei acht Glas
um Mitternacht alle Freiwachen wecken
und sich bei einem Faß
Freibier an meiner Bahre
stürmisch und randvoll bezechen.
Nur ein Saufkumpan meiner Sailorjahre
darf mir die letzten Abschiedsworte sprechen.
Dann soll man die alten Shanties singen —
„Besanschot an" und „an die Brassen".
An irdischen Gütern und Dingen
werde ich kaum etwas hinterlassen,
und während man mit meinen Gebeinen
die Haifische füttert achtern in Lee,
werden die Wirte mich beweinen,
bei denen ich noch in Kreide steh.

An Land ertrinken

Wer niemals zwischen Nacht und Tag
in meerestiefem Rausch versunken
kieloben in der Gosse lag,
der ist noch nie in Schnaps ertrunken.

Man schwitzt das Zeug ohne Gefahr
für Leib und Seele durch die Poren.
Wer erst mal eine Leiche war,
fühlt sich tagsdrauf wie neugeboren.

Seltsame Erscheinung

Auf dem Braunschen Rohr eines Bordradars
– wie ein Spuk aus square-rigger days –
peilt zwei Strich achterlicher als dwars
(ungeachtet des Hamburger Hafenjahrs)
Neptuns algenumspültes Gesäß.
Die Peilung beträgt etwa Westnordwest.
Sie fürchten ich sei schizophren?
Auf See gibt es Dinge – soviel steht fest –
die sich an Land kein Mensch träumen läßt,
das beweist dieses Phänomen.

Die Radarexperten deuten das zwar
leider nur aus technischer Sicht
und halten das Ganze offenbar
nur für Geisterechos im Bordradar,
doch ich teile die Ansicht nicht.

Der Vorfall ist nach meiner Meinung
eine höchst seltsame Erscheinung.

Das Projekt

(Ein Beitrag zum Welttrinkertag)

Ich möchte eine Stadt aus all den Kneipen bauen,
in denen ich als Janmaat einmal saß.
Da dürfte jeder Seelord auf die Pauke hauen
und gratis zechen. Wäre das ein Spaß!
Ich will die alten Zechkumpane überraschen,
lade sie offiziell zum Richtfest ein,
um ihnen für die einst mit mir geleerten Flaschen
die Ehrenbürgerrechte zu verleihn.
Wir wollen Tag und Nacht auf offner Straße zechen,
das wird aus Blaukreuzmitteln finanziert
und soll für den Gemeinsinn meiner Bürger sprechen,
bis auf die paar, die man damit schockiert.
Schnapsfahnen werden über diesem Festakt wehen
aus Stoffen allerschärfsten Destillats.
Wenn die paar Abstinenzler außer Landes gehen,
wäre das nur im Sinn des Magistrats.
Es soll ein Mahnmal für den armen Teufel geben,
der nie im Leben einen Rausch gekannt
und einestags bei dem Versuch einen zu heben,
kläglich und unbeweint ein Ende fand.
Hier werden keine Steuerschulden eingetrieben,
der Wirtschaftsschwerpunkt liegt beim Schnapsimport
und alle, die ein liederliches Leben lieben,
machen die Stadt zu einem Wallfahrtsort.
Es wird ein Ehrenkorps von leichten Mädchen geben,
das dient nicht nur dem schlechten Ruf der Stadt,
es wird auch die Besucherquote heben,
sobald es sich herumgesprochen hat.

Die stete Förderung all dieser kulturellen
Dinge durch meinen Mitarbeiterstab,
dürfte so ziemlich alles in den Schatten stellen,
was es bisher auf dem Gebiete gab.
Die Finanzierungsfrage bleibt zwar noch zu klären,
für dieses beispiellose Großprojekt.
Wenn Bankkonsortien dafür zu gewinnen wären,
wäre die ganze Sache längst perfekt.
Ein andrer hätte diese Pläne schon begraben,
mich hat bisher nichts davon abgebracht.
Ich fresse einen Besen, wenn dies Bauvorhaben
nicht einestags noch von sich reden macht!

Der Haifisch-Song

Der Hai kennt keine Pietät,
solch Vieh haust ganz barbarisch
und hält sich weder an Diät
noch lebt es vegetarisch.

Wenn einem Hai der Magen knurrt,
dann gehts gewöhnlich rund,
der frühstückt Dich samt Rettungsgurt
nebst Uhr und Schlüsselbund.

Der Hai braucht weder Fischbesteck
noch eine Serviette,
der kehrt sich einen feuchten Dreck
an alle Etikette.

Er zeigt auch keinerlei Respekt
vor Rang und großen Namen,
und hat er erst mal Blut geleckt
bleibt Dir kaum Zeit für's Amen.

Matrosen schmecken stark nach Teer,
das kann er nicht vertragen,
die liegen ihm dann hinterher
noch lange schwer im Magen.

An Sonntagen ist solch ein Fisch
— Haie sind auch nur Tiere —
im allgemeinen wählerisch
und frißt nur Passagiere.

Befinden sich unter der Crew
an Bord mal ein paar Iren,
dann gibts bei Schiffbruch Irish-Stew
aus Crew und Passagieren.

Kippt man ein Faß voll Gin in See
verliert er die Balance
und wedelt kreuzfidel in Lee
betrunken mit dem Schwanze.

Ist solch ein Hai mal richtig blau
– beim Blauhai kommt das vor –
dann flüstert er der Seejungfrau
verrücktes Zeug ins Ohr.

Wir haben manchen Drink gehabt
und ist es Gottes Wille,
daß uns der Haifisch einmal schnappt,
dann hat er drei Promille.

Mein alter Seesack

Wir beide, du treue, alte Haut
voller Bootsmannsnähte und Flecken,
haben manches Wetter gemeinsam verdaut,
an der Hoorn und anderen Ecken.
Wir haben so manches Schiff gesehn
und manchen fernen Hafen.
Uns beide kann nur einer verstehn,
der auf See vor dem Mast geschlafen.
Ich schwor, als ich noch in den Riggen hing,
mich niemals von dir zu trennen
und hielt mein Wort, denn es verging
schon manches Jahr seit wir uns kennen.
Noch immer ist mir dein Atem vertraut
wie Kabelgatt, Mennig und Teer;
längst sind wir beide inzwischen ergraut,
und die Seefahrt braucht uns nicht mehr.
Ein Seemann, der dich altes Segeltuch
nicht achtet, liebt und verehrt,
der ist keine Planken, kein Seefahrtsbuch
und keinen Schuß Pulver wert.

Na warte

In Lee treibt eine Speisekarte
auf der auch Haifischflossen stehn,
die liest ein Hai und denkt, na warte,
den Pott laß nur mal untergehn!

Er hat dabei den Koch im Auge,
der mittschiffs an der Reeling steht,
den wünscht er sich mit Salzfleischlauge
und Zwiebeln durch den Wolf gedreht.

Lübeck

Ganz still hast du Besitz von mir ergriffen
— ich gebe zu, ich sträubte mich nicht viel —
ich grüße dich und wünsche deinen Schiffen
nach Seemannsbrauch stets Wasser unterm Kiel.
Nennt man dich auch als Hafen nicht wie Bremen
und Hamburg Schlüssel oder Tor zur Welt,
so mußt du das nicht weiter tragisch nehmen,
es gibt so viel, was mir an dir gefällt.
War auch vor 1000 Jahren kaum erst gestern
gemessen an der Ewigkeit der Zeit,
adelt dich doch, wie deine großen Schwestern,
die hanseatische Vergangenheit.
Ich liebe deine winkeligen Gassen
dort zwischen Holstentor und Schifferhaus,
und Liebe — darauf kannst du dich verlassen —
die war noch nie auf Umschlagziffern aus.
Leb wohl, du alte Stadt, die alle Stürme
und wildbewegten Zeiten überstand,
stets halte über deine sieben Türme
der Herrgott weiter schützend seine Hand.

Hamburg

Hab mich draußen rumgetrieben,
bald werd ich dich wiedersehn;
will zur Alster, Fähre sieben
und Hermine Hansen gehn.
Endlich wieder die vertrauten
alten Dinge; Rundstück warm,
und die seetüchtig gebauten
flachsig-blonden Deerns im Arm.
Hohe Speicher längs des Fleetes,
und bei Ebbe stinkts nach Schlick.
Auf der Unterelbe weht es,
oder es ist pottendick.
Schiffe kommen, Schiffe gehen,
ein Geruch von frischem Teer;
Werften lärmen, Flaggen wehen
und man spürt das nahe Meer.
Manches mag nicht mehr dasselbe
sein, wie man sich's vorgestellt.
Doch hier an der Unterelbe
öffnet sich das Tor zur Welt.

Schiffsfriedhof

Gespenstisch graue Silhouetten
von toten Schiffen. Grabesstill
hinter rostroten Ankerketten
schweigen für immer Winsch und Spill.

Bullaugen starren leer und blind;
Schleier von Spinnennetzen.
Über das kahle Deck treibt Wind
bleiche Persenningfetzen.

Verwittert blättert von den Platten
die Farbe. Reste alten Drecks
liegen — umtanzt von letzten Ratten —
in dämmergrünen Zwischendecks.

Das Stahlskelett der Ladebäume
reckt seine fahle Geisterhand
neben der offnen Gruft der Räume
drohend über den Lukenrand.

Vorüber an jenen, die aufgebahrt
dort liegen verlassen und tot,
geht stolz ein Frachter auf Jungfernfahrt
und mahnt uns, Seefahrt tut not!

Seefahrt ist not

Wenn Ihr bei stürmischem Nordwest
homebound vom Südatlantik
die Woche dreimal Salzfleisch freßt,
dann leiden Stuhlgang und Romantik.

Doch was sind solcherlei Lappalien
schon gegen das Oktoberfest
oder Taifun vor Nordaustralien?
Navigare necesse est!

Segel

Ihr weißer, windgeschwellter Bauch
war einst ein Stück Romantik.

Über der Kimm steht Dampferrauch.
Fabrik auf dem Atlantik.

Abschied eines alten Seemanns von einem Windjammer

Shakehands, verbeulter alter Eimer,
uns hat man verschanghait
und zeigt uns beide, good oldtimer,
nur noch als Sehenswürdigkeit.
Wir kreuzten auf Salpeterreisen
mit nassem Arsch nachts vor Kap Hoorn.
Jetzt zählt man uns zum alten Eisen
und braucht uns nicht mehr, alter Schlorrn.
Wir kriegten kurz vor Ladenschluß
noch ein paar derbe Schrammen.
Mich hält nur noch der Spiritus
und dich der Rost zusammen.
Doch wer verächtlich von dir spricht,
dem Hundsfott gnade Gott,
dem ramme ich die Klüsen dicht.
Shakehands, du alter Pott.

Zum Schiffssicherheitsvertrag

Manches was mehr gefährden mag
als die Gewalt der Wogen,
ist im Schiffssicherheitsvertrag
leider nicht einbezogen.

Die Seefahrt birgt – von Wind und Wellen
und Felsenriffen abgesehn –
weit ernstere Gefahrenquellen.
Man braucht nur mal an Land zu gehn.

Bedrohlicher als Sturmesbö,
Schiffbruch und Kollision,
sind Alkohol und Gonorrhöe,
die auf dem Festland drohn.

Astronomisches

Ein Seemann kann sich, auf allen vieren
dem nächtlichen Himmel den Hintern gekehrt,
noch nach den Gestirnen orientieren.
Das wird auf Seefahrtsschulen gelehrt.

Mary ins Gästebuch

Mein Schatz, ich trag Dein Konterfei
am Podex als Verzierung;
sprich bitte nicht von Schweinerei,
woanders war kein Platz mehr frei
für diese Tätowierung.

Du brauchst nicht gleich vor Scham vergehn,
kein Mensch unter den Sternen
kriegt jemals Dein Porträt zu sehn,
und solltest Du darauf bestehn,
dann lasse ich's entfernen.

In memoriam

Unweit des muschelbedeckten Wracks
des Fahrgastschiffes Therese
liegen Büchsen mit Appels Scheibenlachs
und feinster Hummermayonnaise
(Nettogewicht etwa ein halbes Pfund)
pietätlos verstreut auf dem Meeresgrund.

Doch einmal jährlich pflegen sich hier
vor den etikettierten Gebinden
allerart Lachse und Krebsgetier
bei wechselndem Mond zusammenzufinden,
um still, mit gefalteten Flossen und Scheren
die Opfer der Feinkostbranche zu ehren.

Unverzolltes

Im Hafen gilt die Schmuggelei
als Kavaliersdelikt.
Erwischt man jemand mal dabei,
dann war er ungeschickt.
Ein Schuft, wer solchem Seesack voll
nicht schlicht Vertrauen schenkt,
zu schade nur, daß man beim Zoll
darüber anders denkt.
Da ist man selten tolerant
beim Seesack-Kontrollieren.
Begegnet uns der Kerl an Land,
kann er sich gratulieren.
Doch drückt er mal ein Auge zu
bei kleinen Schmuggelein,
dann ladet ihn die ganze Crew
gerührt zum Saufen ein.
Was heißt in solchem Falle schon,
er läßt sich mit uns ein?
Beim Saufen kann von Korruption
hier keine Rede sein.
Ein Drink bringt uns, auch unverzollt,
menschlich einander näher,
und wenn Ihr das nicht glauben wollt,
dann seid Ihr Pharisäer.

Doar snackt sogoar de Meuwen platt

Wat son Hamborger Jantje is,
de hett manch Hoben sehn,
doch Hamborg geiht em ganz gewiß
vör Rio oder Tripolis.
Mien Jung, doar kannst op speen!

Un harr em ook manch Geisha geern
mol ganz för sick alleen,
dat kann em doch'n Dübel scheern,
in Hamborg hett he'n faste Deern.
Mien Jung, doar kannst op speen!

He tuscht nich Sidney, nich Schanghai
un ook nich Port of Spain
mitsamt son swatten Nackedei,
förn halve Schippsläng Sandtorkai.
Mien Jung, doar kannst op speen!

Kummt he vörbi no lange Tied
an Füerschipp „Elw een"
dann steiht he vörn an Backbordsiet,
denn nu is Hamborg nich mehr wiet.
Mien Jung, doar kannst op speen!

Dann ward em doch de Oogen natt,
denn dat weet jedeneen:
Uns scheun, ool Hamborg is een Stadt
doar snackt sogoar de Meuwen platt.
Mien Jung, doar kannst op speen!

Kindergebet

Lieber Gott, ich bin noch klein,
aber morgen früh
werde ich schon größer sein.
Sag mal, kommen Hottehüh,
wenn sie tot sind in den Himmel
und sag mir auch noch geschwind,
werden alle Pferdchen Schimmel,
wenn sie einmal Englein sind?
Warum läßt der Vati sich
nur so selten sehn?
Wenn ich groß bin heirat ich
keinen Kapitän!
Mach, daß Vati bald mal schreibt,
dann ist Mutti froh,
und daß Klaus nicht sitzen bleibt,
der ist dumm wie Stroh!
Wenn ich erst zur Schule geh
will ich fleißig sein,
ich kann jetzt das Abc
beinah schon allein.
Ich versprech Dir, ich gehorch
Mutti unbedingt;
ob der weiße Klapperstorch
auch Negerbabies bringt?
Lieber Gott, ich war nicht fromm,
hab was ausgefressen;
bis ich in den Himmel komm
hast Du's wohl vergessen?
Schicke eine gute Fee,
die mich nachts bewacht
und schütz Vati fern auf See.
Amen, gute Nacht!

Orkan im Alten Prälaten

Durch Vorstadtstraßen und Zufall war Hein
noch spät im Alten Prälaten
nach einer Ausschußsitzung vom Bürgerverein
an den Vorstandsstammtisch geraten.
Als man ihn von allen Seiten bat
von der christlichen Seefahrt zu erzählen,
da ließ sich Hein, der alte Janmaat,
natürlich nicht lange quälen.
Einmal gingen in schwerem Orkan
vor der Westküste der Azoren
der Bark Ivonne die oberen Rahn
und die Stenge vom Großmast verloren.
Doch weil ohnehin alle Segel zerfetzten,
nahm er's mit der Wahrheit nicht mehr so genau
und sprach von siebenundvierzig Verletzten;
da wurde dem Medizinalrat selbst flau.
Steuerlos trieb die Bark an der Barre,
ein halbes Wrack schon, knirschend auf Grund;
da steckte der Rektor seine Zigarre,
von der Handlung gepackt, verkehrt in den Mund,
wobei er sich ganz empfindlich verbrannte,
er warf sie mit einem Aufschrei fort.
Hein, der gerade die Boote bemannte,
verlor über solche Lappalien kein Wort.
Der Rektor entschuldigte sich: „Pardon
Herr Seemann, Sie werden verzeihen",
aber Hein nahm keine Notiz davon,
denn es wimmelte rundum von Haien.
Hein nannte es ein verteufeltes Glück,
daß die Viecher an Seekrankheit litten,
doch das wies der Tierarzt entrüstet zurück
und sagte: „Ich muß doch sehr bitten."

Da wurde die Szene stürmisch bewegt,
Hein hatte im Kampf mit der See
ein paar volle Gläser vom Tisch gefegt,
die flogen bis ans Büfett.
Solch kleines Malheur ist kein Amoklauf,
es gab zwar einige Schrammen,
doch der Wirt nahm den Verlust der Gläser in Kauf
und kehrte die Scherben zusammen.
Wenig später hatte der Sturm sich gelegt,
das Schiff war kieloben gesunken,
ein paar der Gäste schwiegen bewegt,
die übrigen waren betrunken.
Gegen Morgen als Hein das Lokal verließ,
um seinen Dampfer noch zu erreichen,
schwankte der Boden rundum, und er stieß
auf einige schnarchende Leichen.
Unverkennbar hatte der schwere Orkan
den Prälaten wüst mitgenommen,
und Hein begab sich zur Vorortsbahn,
um in die Nähe des Hafens zu kommen.
Tagsdrauf entdeckte man den Janmaaten
in einem abgestellten Waggon.
Nach Jahren noch sprach man im Alten Prälaten
von jenem Orkan und der Bark Ivonne.

Die Schiffstaufe

Weil Hein sich bei Seenot hervorgetan
fiel später die Wahl auf ihn,
beim Stapellauf der Christine Glahn
die Schiffstaufe zu vollziehn.
Zwar ließ sich der alte Matrose Hein
als Mitglied der künftigen Crew
nicht gerne auf diese Ehrung ein,
doch schließlich stimmte er zu.
So fuhr er rasiert und in Landgangsstaat
mit seinem Reeder nach Bremen,
um an dem Festfrühstück beim Senat
und dem Stapellauf teilzunehmen.
Während die Herrn sich im Rathaussaal
in internerem Kreise trafen,
besuchte Hein dieses und jenes Lokal
in den Gassen unten am Hafen.
Um zwölf Uhr dreißig näherte Hein
sich singend dem Werftgelände,
dort schienen sie schon in Sorge zu sein,
daß er den Weg nicht fände.
Die Ratsherren waren schon eingetroffen
auch die Spitzen der Hafenorgane.
Hein, festlich gestimmt und ziemlich besoffen,
begrüßte die Herrn wie Kumpane.
Ganz unauffällig machte man Hein
Vorhaltungen über sein Saufen,
der ließ sich darauf gar nicht ein
und wollte den Zossen taufen.
Er begann seine Rede laut und klar,
die geladenen Gäste lauschten,
wobei sie – wenn er zu offen war –
verwunderte Blicke tauschten.

Er würdigte Neptun, den Rauschebart
und äußerte mancherlei Derbes
über die Krisenlage der Trampschiffahrt
und des horizontalen Gewerbes.
Ein schmetternder Tusch der Blasmusik
unterbrach ihn an dieser Stelle,
er protestierte und als sie nicht schwieg
beschimpfte er die Kapelle.
Da drückte man ihm den Sekt in die Hand,
ihm bedeutend das Schiff nun zu taufen,
doch Hein, der das völlig mißverstand,
meinte er könne ihn saufen
und ließ sich durchaus nicht dazu herbei
die Flasche am Bug zu zerschlagen.
Er scheute weißgott keine Rauferei,
doch wie die Dinge hier lagen,
hielt er entrüstet die Flasche fest.
Dann brüllte er plötzlich spontan
dort oben herunter von seinem Podest,
ick däup di Christine Glahn!
Erst trank er einen gewaltigen Zug,
man verfolgte das allgemein mit,
und knallte die Buddel vor den Bug
als das Schiff schon vom Helgen glitt.
Noch bevor die Herren vom Bremer Senat
ihre Sprache wiedergefunden,
war der alte Fahrensmann und Janmaat
längst in der Menge verschwunden.

Wieder in Hamburg

Hein kam verhältnismäßig spät
und durstig von Manila.
Man entdeckte ihn auf dem Tulpenbeet
im Vorgarten einer Villa
zwischen Blankenese und Neumühlen
und umgeworfenen Gartenstühlen.
Trotz der frühen Morgenstunden
hatten sich vor dem Grundstück bereits
die ersten Passanten eingefunden
und bekundeten allerseits
reges Interesse
für den schnarchenden Hein.

Später fanden sich Herren der Presse
und ein Reporter vom Rundfunk ein.
Das Wetter war ausnahmsweise trocken,
ein glücklicher Umstand, wenn man bedenkt,
daß Hein nachts sein Hemd nebst Hose und Socken
pedantisch über den Zaun gehängt.
Ein paar Schülerinnen der U 1 b
blieben offensichtlich gefesselt stehn,
denn so etwas gab's an der Elbchausee
ja schließlich nicht alle Tage zu sehn.
Hin und wieder wurde im Publikum
halblaut über Hein diskutiert,
der drehte sich rülpsend im Schlafe um,
er war, wie man sah, tätowiert;
mit dem alten Feuerschiff Fehmarnbelt,
mit vollgetakelten Segelschiffen
und den Namen von Ladies aus aller Welt,
den von Dolly aus Eimsbüttel einbegriffen.
Man sah, allegorisch dargestellt,
die Schlacht bei den Dardanellen
und das Motto: „Wie es euch gefällt",
an unanständigen Stellen.
Eine ältere Gouvernante fand
das obszön und kaum zu beschreiben,
doch weil sie gerade günstig stand
entschloß sie sich noch zu bleiben.
Das Publikum kam nach und nach
in lebhaftere Debatten.
Hein, der im Traume malayisch sprach,
schlief zwischen den Blumenrabatten
bis er später allmählich zu sich kam.
Da wurde ihm schließlich klar,
als er Hamburger Dialekt vernahm,
daß er wieder zu Hause war.

Auf wilder Fahrt

Hein hatte aus engeren Freundeskreisen
und von seiner letzten Braut gedrängt,
nach einer der langen Australienreisen
.die christliche Seefahrt an den Nagel gehängt.
Um von seinen Fahrten was mitzubringen
kaufte der abgemusterte Hein
verschiedenes an exotischen Dingen
in einem Secondhandshop ein,
wo er für Dolly und deren Schwester
japanische Wasserschildkröten erstand.
Die setzte Hein in seinen Südwester,
ein anderes Gefäß war nicht zur Hand.
Er nahm noch für ein paar bekannte Familien
einen ausgestopften Leguan,
den Teakholzschaft einer Ruderpinne,
ein Fläschchen antarktischen Lebertran
und eine präparierte Vogelspinne
aus Inner-Brasilien.
Auch zwei getrocknete Haifischflossen,
ein chinesisches Bastonadebrett,
einen Samuraiknochen als Amulett
und, als Mittel gegen Sommersprossen,
eine Jadedose mit Schlangenfett.
Plötzlich fand Hein, noch kurz bevor
er nach zähem Feilschen die Rechnung beglich,
einen Stock aus echtem Malakkarohr,
den nahm er für sich.
Leider traf er ein paar der Familien
und seine Braut nicht zu Hause an,
darum schenkte er seine Utensilien
dem alten Toilettenmann
am Millerntor.

Hein behielt nur das Malakkarohr,
die Schildkröten und das Mittel gegen Sommersprossen.
Später zog er dann vollgegossen
bis an den oberen Lukenrand
durch etliche Lokale.
Vor einem nächtlichen Taxistand
kam ihm mit einem Male
der Einfall auf große Fahrt zu gehn.
Zwei Taxis standen hier fahrtbereit,
Hein zahlte den Fahrern als Vorschuß zehn
Dollar und charterte sie auf Zeit,
ohne kleinlich aufs Geld zu sehn.
Dann luden sie Kisten mit Elbschloßbier,
die wurden seefest verstaut,
als Stückgut für Emilienstraße 4,
da wohnte Dolly, Heins Braut.
Den beiden Fahrern erklärte er bloß:
„Wir laufen in Kiellinie aus."
Dann gab er Befehl: „Alle Leinen los
und beide Maschinen voll voraus!"
Sie liefen mit hoher Fahrt durchs Revier,
Hein kannte hier jedes Riff;
kurz vor Emilienstraße 4
nahm er die Fahrt aus dem Schiff.
Hein, voll wie ein beladener Tanker,
machte einen Liegeplatz aus
und befahl: „Fall Steuerbord-Anker!"
Und dann: „Setzt Ankerlampen aus!"
Das war morgens kurz vor vier.
Dann löschte er mit den Leuten das Bier.
Als die die Lage schon nicht mehr erfaßten,
gabs plötzlich Rabbatz im Kettenkasten,
denn Hein vermißte die Sommersprossen,
wollte sagen, die Jadedose,

ein Irrtum schien nahezu ausgeschlossen,
vergeblich durchsuchte er seine Hose.
Er nannte die beiden Chauffeure Piraten,
doch selbst eine Leibesvisitation
führte zu keinen Resultaten.
Dabei entstand eine Situation
wie nächtliches Sturmtief und Skagerrakschlacht.
Schließlich verwarf er seinen Verdacht
und wurde von Rührung übermannt,
als er eine der Schildkröten wiederfand.
Später fanden Polizisten,
alarmiert durch ortsansässige Fraun,
Hein zwischen leeren Flaschen und Kisten
kielobentreibend, im Morgengraun
und einem Meer von Elbschloßbier,
vor der Emilienstraße 4.

Hein und seine Tiere

Mit vielerlei Tieren im Zwischendeck,
Papageien, seltnen Reptilien
und Affen für Tierpark Hagenbeck,
kam die Sunbeam Silvesternacht von Brasilien.
Bei Feuerschiff Elbe I fing es an zu schneien
bald fielen die Flocken dichter,
da machten die Affen und Papageien
doch recht erstaunte Gesichter.
Hein taten besonders die Affen leid,
darum hatte ihnen die treue Haut
nach Wachwechsel, in seiner freien Zeit,
einen Schneemann vor den Käfig gebaut.
Er hatte schon während der Überfahrt,
auf seiner Wache von vier bis acht,
den Tieren in rührend geduldiger Art
seemännische Knoten beigebracht.
Und wenn Hein was machte, dann tat er es ganz,
so konnte schon nach einigen Tagen
einer der Affen mit seinem Schwanz
geschickt einen laufenden Palstek schlagen.
Schließlich ging Hein sogar soweit
und lehrte einen der Affen spleißen,
das wollte angesichts der verfügbaren Zeit
wahrhaftig schon etwas heißen.
Er unterrichtete nebenbei
übrigens so nach und nach
auch noch einen älteren Papagei
bis der ein leidliches Englisch sprach.
Da verlor das Tier fast jegliche Scheu,
es setzte sich Hein aufs Knie
und krächzte vertraulich: „Old sailorboy,
please tell me something of Germany."

Hein hatte all diese Viecher liebgewonnen
und konnte sich über die Heimkehr nicht freun,
denn inzwischen hatten die Schlepper begonnen
das Schiff in den Hamburger Hafen zu täun.
Trübsinnig stand Hein an Deck und grollte
weil er sich bereits am nächsten Tag
von den Tieren für immer trennen sollte,
was ihm tonnenschwer auf der Seele lag.
Als vorn und achtern schon festgemacht
war, und die Rattenbleche hingen,
kam Hein der Gedanke die letzte Nacht
bei den Tieren im Zwischendeck zu verbringen.
Die Deckscrew brachte die Gangway aus,
Hein schlich sich achtern an Land,
wo er im nächsten Wirtshaus
zwei Flaschen Doppelkorn erstand.
Dann ging er wieder zurück aufs Schiff,
und als er sich zu der Affen Plaisir
lauste und auf den Fingern pfiff,
schrie der Papagei: „Happy New Year!"
Hein hatte nämlich nicht nur die Flaschen
sondern auch die Käfige aufgemacht,
um die lieben Tierchen zu überraschen.
Na, das wurde eine Silvesternacht!
Während Hein, umkreist von den Papagein,
belustigt vorn auf der Saling stand,
jumpten mit ohrenbetäubendem Schrein
die Affen munter von Want zu Want.
Zwei schaukelten an der Signalrah am Steert
und warfen sich eine der Flaschen zu,
die hatte Hein inzwischen geleert,
und der Papagei sang: „Blue boys blue",
womit er Hein und die Affen meinte,
die waren von dem Doppelkorn blau.

Hein dachte gerührt an die Trennung und weinte.
Er ließ sich schließlich an einem Tau
Hand über Hand hinunter an Deck
und lockte die Affen vergeblich;
da drohte er ihnen mit Hagenbeck,
das beeindruckte sie erheblich,
und sie folgten ihm ohne weiteres Bitten
zurück in ihre Verschläge.
Hein lag am Neujahrsmorgen inmitten
der Affen, er schlief in ihrem Gehege.
In den folgenden Jahren besuchte Hein
stets, wenn er mal wieder in Hamburg weilte
seine Affenkinder und Papagein,
und wenn er dann Früchte an sie verteilte,
die er persönlich aus dem Urwald mitgebracht,
dann begrüßten sie ihn mit glücklichem Jaulen
(so hört es sich an, wenn ein Affe lacht)
und ließen sich von ihm streicheln und kraulen.
Der Abschied wurde Hein jedesmal schwer
und mußte er schließlich gehn,
dann rief der Papagei hinter ihm her:
„Good bye old sailorboy, see you again!"
Im Persischen Golf, querab von Bahrein
und weit von der Elbe weg,
dachte Hein noch an seine Papagein
und Affen im Tierpark Hagenbeck.

Wieder einmal im Binnenland

Seegesalzen und braungebrannt
besuchte Hein einmal wieder
nach längerem Seetörn das Binnenland,
um irgendwo in Oberfranken oder Niederbayern
(der Teufel kenne sich im Binnenland aus)
nachträglich seinen Geburtstag zu feiern.
Der Hirschen galt hier als erstes Haus,
zwar war man eigen in patriotischen Dingen
und schenkte nur heimische Biere aus,
doch Hein wollte hier seinen Urlaub verbringen.
Schon am ersten Abend hatte Hein vier
der Stammtischgäste frei und offen
mit ihrem eigenen, heimischen Bier
fullspeed unter die Back gesoffen.
Er selber war nach diversen Glas Spaten
dann allerdings
versehentlich auf die Damentoilette geraten.
Da kam von Backbord, wollte sagen, von links
eine Dame aus der Kabine,
die hielt ihn für den Toilettenmann
und verzog deshalb keine Miene.
Hein kam es auf Richtigstellung an
und weil er hier eine Gelegenheit
zu einer Damenbekanntschaft sah,
sprach er über die Regenzeit
auf Sumatra,
denn Wetter ist als Gesprächsstoff stets aktuell.
Während die Dame inzwischen schnell
ihre Frisur und das Make-up
vor dem Spiegel noch renovierte,
ging Hein erzählend auf und ab
und interpretierte

Begriffe, wie Mann-über-Bord und Hundewache,
äußerte sich über das Tabakkaun,
den intimeren Umgang mit Seejungfraun
und kam damit unmittelbar zur Sache.
Da verließ die Dame empört das Lokal,
wenig später erschien eine Streife,
aber Hein stellte Sauberkeit über Moral
und verlangte nach Handtuch und Seife.
Er erklärte der örtlichen Polizei
auf englisch, sie könne ihn mal,
die verstand nur bayrisch und pflichtete bei,
Hein fand das äußerst loyal.
Tagsdrauf verschwand er mit Seesack-und-Pack,
denn er hatte das Binnenland satt
und Sehnsucht nach einem Freiwachenschnack
in richtigem Hamburger Platt.
So verließ er das niederbayrische Nest,
(vielleicht wars doch Oberfranken)
und freute sich schon auf steifen Nordwest,
auf Labskaus und nasse Planken.

Antwerpen

Good bye my girls and ladies all,
das war hier die letzte Nacht,
high life, es lebe der Alkohol!
An Bord wird schon seeklar gemacht.
Hein hockt an Land auf einem der Poller
an der Pier von Sibiria Dock.
Er ist, wie so oft, teils wieder voller
Abschiedsgedanken und teils voller Grog.
Auf dem Schweden drüben wird Deck geteert,
außenbords sind die Leute beim Malen.
Aber Hein hat der Welt den Rücken gekehrt
und murmelt im Schlaf: „Mary, zahlen."

Hein in seiner Heimatstadt

Kam Hein zwischen seinen Windjammerreisen
einmal in seinen Heimatort,
dann pflegte er in Bekanntenkreisen
vom Leben und Treiben der Männer an Bord,
von Landgang und nächtlichen Weibergeschichten,
von einem Mistral im Golf von Lyon
und wilden Gelagen zu berichten,
wobei er armdickes Seemannsgarn sponn.
Doch wenn er schließlich damit begann
seinen alten Seesack auszukramen,
dann hielten die Leute den Atem an,
was dabei für Dinge zum Vorschein kamen.
Hein trennte sich von den wertvollen Sachen,
weil er nun einmal nicht kleinlich war,
ohne viel Worte dabei zu machen.
Und manches seltene Exemplar
ging, von allen gebührend bestaunt
und betastet, behutsam von Hand zu Hand,
und Hein gab geduldig und gutgelaunt
noch die Herkunft der Dinge bekannt.
Er sprach ein waschechtes Hamburger Platt
mit Pidgin-English verspleißt
und trug in die küstenentlegene Stadt
fernes Meeresrauschen und Freibeutergeist.

Gedanken

Sie sind wie Wechselspiel der Wellen
auf See. Sie kommen und sie gehn,
Ströme geheimnisvoller Quellen
und rätselhaft ist ihr Entstehn.

Sie beugen sich keinen Befehlen
und ziehen einsam ihre Bahn,
sind stille Segel unserer Seelen
auf uferlosem Ozean.

Sie folgen eigenen Gesetzen.
Sind Schiffe ohne Kapitän
auf Fahrt nach sternenfernen Plätzen
und gottlob kann sie niemand sehn.

Spätlese gereimt

Das amüsante Buch von
Vizeadmiral a. D.
Prof. Friedrich Ruge

72 Seiten, 14×21 cm, mit zahlreichen Skizzen, Efalineinband mit Schutzumschlag, Best.-Nr. 2321

». . . 69 lustige Geschichten sind hier aufgezeichnet. Hat man erst einmal darin zu lesen begonnen, kommt man aus dem Schmunzeln nicht mehr heraus . . .«

Kurt Schmischke

Mit der »Gorch Fock« auf Weltreise

Mit einem Vorwort von Kapitän zur See Immo von Schnurbein und einem Essay von Dr. Boye Meyer-Freise

»Gorch Fock« auf Weltreise. Das riecht nach Abenteuer, schmeckt nach Meer und weckt Sehnsüchte nach fernen Kontinenten.

112 Seiten, Format 24×15 cm. Mit 151 Reproduktionen von Aquarellen und Skizzen, davon allein 58 im Vierfarbdruck, gebunden, Best.-Nr. 4451

Dr. Henning Hennigsen

Der Seemann und die Frau

Das Buch ist eine flüssig geschriebene Darstellung eines interessanten Kapitels unserer maritimen Kulturgeschichte, die mit instruktiven Abbildungen im Buch anschaulich dargestellt ist. Der unterhaltsamen und zugleich seriösen Darstellung liegen hauptsächlich Lebensberichte von Seeleuten zugrunde.

120 Seiten, 21×20 cm,
viele einmalige Abbildungen,
Vignetten, Holz-Schnitte.
Schutzumschlag, Best.-Nr. 4111

KOEHLER
D-4900 Herford